把夢，裝進行李

劉倩妏 著

獻給

天上的外婆

目錄

場景一　第一幕

場景二　角色塑造

場景三　內心衝突

場景四　愛情故事

場景五　收場白

推薦序一

以詩的體式入戲

嚴忠政

讀劉倩妏的詩，像一封遙遠以前的情書被退回到你的住址——信雖然不是你寫的，但諸多境況卻跟你的愛情一樣。

《把夢，裝進行李》也像召喚一陣微雨——你先是進到作者的氣象裡冷落自己，後來卻覺得淋漓，誘發了各種滲透。這是一種穿透，如同她在戲劇中，搬演了我們的悲喜，同時也是她的悲喜。

那些悲喜並不是「再見」那麼容易。演員的走位、台詞，乃至眼神肢體演壞了，可以再來一次。而那些乾燥花、複製畫，那些道具，反而有著長生不死的恨意，但畢竟它們不用為心跳的意義負責，已經存在的東西就這樣存在著。而凡胎不是這樣。演著，演著，就在劇本外哭了。劇本內，陽光煦煦，台詞從容；劇本外呢，烏雲擴大為故鄉，有時讓人猝不及防，來不及回到夢中躲雨，更來不及把夢整理好。還好，劉倩妏是來得及的。她選擇把詩，把夢，裝進行李。帶著它，抵達自己所想的境地。

詩人作為一個有高度覺察的存在，當他面對生存狀態中的客體，自然就不是只有「看見」它們，而是「看穿」那些物態，那些虛假的擬態，並且反身叩問自己「是什麼」。例如，在〈餐桌漂流〉這一首詩，「心臟像未熟透的蛋白／不安地跳動」，因爲「鼻尖是被調味過的蕃茄／攪和眼睛灑下的蔥花」，你覺得人生最真實的況味是什麼？你嗅到的、選擇別人想看的，那些「獲准」搬到桌面上的東西，是你最初要的香氣嗎？索性，詩人能夠以自己的覺察來調動文字，就如同自由調動主客體，文思細膩，細到可以穿透現實的鐐銬，自我解鎖。

如作者所言，「時間」這東西很有才華。時間的才華是讓我們留下遺憾，倩妏的才華是讓遺憾成為詩歌。當詩歌成為表演藝術者的氣質，在螢光目前，即使她只站在小數點之後，也會成為最細膩的「存在者」，再由質感去成就「整數」。就如同開場的第一首詩：「我景仰一人／不同於萬人景仰／我喜歡整數／更蒐集小數點」。何況，倩妏早已在劇本裡擔綱，還能出入、棲居於詩歌。

當倩妏選擇用詩歌來棲居，她的詩當然有質樸、真誠的一面，但把一首詩的語言形式經營好，又何嘗不是真誠。於是讀者可以看見這些詩質很好的作品，例如：

無聲的瑜珈
每個體式裡找到
每根骨頭
在點與點之間連結
靈魂，垂直的線

——〈細雨瑜珈〉

你一定是在設計系畢業
才能如此從容不迫地

設計相遇
設計對眼
設計漏拍的心跳
設計呼吸的躲藏
以及世界的停頓

——〈你一定是在設計系畢業〉

有種黑暗
叫背影
會寄生眼球

——〈詩人的眼淚〉

每個相逢的人，都貴在一起迷路。起初我並不知道，還有誰跟我們一起寫詩？或許困頓，或許是世界的「不等式」，需要文字來投石問路。等號的另一端，一個演員走來了，她說：「霧氣多了就該學冷氣／打開自動除濕」。那時的她，手捧《時間畢竟》，說她喜歡；這時的她，成為了我們的喜歡。「詩」是自帶氣質的演員，倩妏也是。

推薦序二

訓練有素的迷失

蔡淇華

班雅明說：「在一座城市中不辨方向，這說明不了什麼。但在一座城市中使自己迷失，就像迷失在森林中，卻需要訓練。」在詩的森林，劉倩妏便是一位訓練有素的迷失者。

二〇一六年，劉倩妏離開故鄉馬來西亞，隻身來到臺東拍攝《讓愛飛揚》。在一個颱風天，劉倩妏讓自己迷失在東海岸風雨交加小小的城，�到一家書店，拿起一本依稀叫做《寫作吧！》的小書。覽畢，在Messenger留下訊息：「老師，讀你的書，想回到年少最愛的寫作。」於是，這幾年我和倩妏透過網路，成了「半師生」關係。

倩妏一開始寄過來的作品，散文居多，寫了幾個月的散文後，開始想以詩的形式，將腦海中跳躍的意象拼湊起來，也安放異鄉善感的情緒。

《讓愛飛揚》殺青後，倩妏回到臺北，除夕那一天，獨自在捷運站，漫無目的地走著，看著加快腳步準備回家吃年夜飯的人們，聽著自己孤獨的腳步聲，寫下了一首新詩《跟除夕聊天》。之後詩作水平越來越高，便選擇幾篇寄給好友，《創世紀》詩刊主編嚴忠政老師。在專欄發表四篇詩作，成為了首位登上此刊的藝人。

持續書寫，詩的魔幻成為現實。

馬來西亞電影《阿奇洛》導演楊毅恆在臺灣逛書店時，看到了《創世紀》上的詩作，發現倩妏的寫作能力。楊導演將倩妏的詩文，穿插在電影中當旁白，有點類似王家衛導演的電影風格。

二〇一七年十一月，《阿奇洛》入圍了東京影展主競賽單元，放映場場爆滿，一票難求。映後座談，導演提起這些旁白出自女主角之手，觀眾反應熱烈，連影展主席、策展人等都給予極高評價。幾天後東京影展的頒獎典禮上，倩妏奪下東京寶石獎（最具潛力女演員獎）。

這幾年倩妏陸續主演公視《生死接線員》、《弓蕉園的秘密》，演出的電影《Money boys》更入圍第七十四屆坎城影展。忙碌的演藝生涯，排擠了創作的時間。疫情時開拍少，倩妏再次走回詩的森林，書寫她在台北的八年歲月。

台北是濕氣過重、迷宮般的森林。遺憾與迷惘，一如藤蔓滋長，讓前路不斷分岔，但美麗的女詩人是訓練有素的迷失者，她以蜂蜜起誓，一首首創作，像是沿途在枝枒上綁上的黃絲帶，讓自己可以找到回鄉的路，找到天上的外婆、暴雨的決心、和栽種愛情的宮殿。在霓虹偽裝為星星的深夜，女詩人一次次卸下藝人的外衣，燃燒胸口的意象，讓詩行凝煉如煙盤旋，保持靈魂的乾燥靜絜。

因為在詩句中諳熟生命的結構，女詩人勇於繼續在都市的密林中前行，每次林中踩踏的枯枝響聲，都飽含電影的聽覺刺激，引導她在驚險的迷失中突圍。

今日詩人終於將森林中採擷的音韻結集，每一行都美如清晨夢境，可以裝進行李，帶領讀者一起踱回她青春的峽谷，清晰地映射島嶼微塵，幫助我們再次看見，我們互為邊境，尚未被夢沖走的秘密。每個秘密，都有下落不明的眼淚，和太陽依舊升起時，用詩句為彼此綁上圍巾的溫暖。

推薦語

伊格言（詩人、小說家）

這是一本大致上比我預期中「冷」的詩集。我猜對於一般讀者而言，這件事也同時暗示了，必須讀慢些。「在哲學被發明以前／自溺無法被根治／在一本名為人生的小說／角色保持懷疑／才有被書寫的價值」。

倩妏這樣的警句並不直接調動情緒，但不免令人心中一凜：是啊，就是這樣，難道不是嗎？（我心中浮現的是一個女演員冷靜思索中的模樣；她收起她的甜美，試著將這個世界當作一個角色來揣摩？）

但她也有屬於她的熾熱與直白：「我告訴過你嗎？關於紅酒／我喜歡沒冰過，接近／身體的溫度」。我不知道讀者會更喜歡哪一種。我也頗好奇倩妏自己喜歡哪一種？

吳洛纓（資深編劇）

每個人都在尋找表述自己的形式，
有時使用身體有時使用昨日，
這本詩集像是一場獨舞，
隨著閱讀，你也翩翩起舞。

陳妤（演員）

這部作品看到倩妏用演員製作角色一般的，
把自己解剖、攤開在桌上，允許觀者可以
照自己的節奏觀賞、停留。
過程中非常驚艷她的勇氣與浪漫，
被感動也被治癒了。

第一幕

場景一

把夢，裝進行李

在夢想枯竭之前打包
至少要有一件雨衣
讓文字淋我

幾千顆日子被壓得長長扁扁
仰賴變形的睡眠打撈

我向日出揮棒
枕頭從來不是我的壘包
那不屬於我的賽道

於是走一條新路
右腳可以是昨日碎石繁星
左腳便是感恩

我景仰一人
不同於萬人景仰
我喜歡整數
更蒐集小數點

把夢裝進行李
在夢想成為整數之前
用勇氣打包自己

時間的才華是留下遺憾
而我讓遺憾留下詩歌

餐桌漂流

時間把我放進木碗
端上餐桌
心臟像未熟透的蛋白
不安地跳動

鼻尖是被調味過的番茄
攪和眼睛灑下的蔥花
卻始終散發不出香氣

像真正的蘆薈
應該有純潔血液
或許只要來得及

在凝固之前倒入木碗
我就能停止
在生命餐桌上漂流

我們的迷宮

繁星是座迷宮
我常受困在過去
在一團星雲中
找尋通往你的星座

如果給我星圖和你
我會選擇你
一起迷路

下落不明

你的話
過於冰涼
片片飄落
如雪花

在我心中結冰
凍傷期待
愛在無聲指控裡
被發配邊疆

最後
下落不明

肚皮

我記得一片熱帶雨林
每晚隔著天空傾聽，母親
用悄悄話輕撫我十月的夢
溫暖濕潤，細小嚶嚀

孕育火種需要耐心
躲進巨人體內革命
顛倒世界的骨骼
長出四季週期

想趕快讓你手臂線條爬行我
像日出抓住地平線的根
在獲取新的人格之前
先被羊水灌醉睡眠

當強光睜開雙眼
臍帶一把剪斷我的夢
打破第四面牆後我便抵達
另一個萬花筒

或許世界上不存在的東西

那天只是剛好揚著船帆
卻在天空溫柔注視下
遇見漂浮的你

海水清澈陪伴著
你的眼睛在尋覓
或許世界上不存在的東西

知道你終將回到大海
躍入我到不了的所在
眼睛變成潰瘍的蚌

只能緊抱著
你曾經踩過的沙子
在我心裡長滿珍珠

有些眼淚

有些眼淚
需要時間發酵
在你轉身後
用想念盛滿
在無人知曉的瞬間
一飲而盡

關於飛行

有時候會分不清天上的雲或海上的浪
分不清。風聲海浪聲，還是飛機的現在
也分不清現實和異境，或是說
分不清路過的是天使，或是鬼魂
分不清過客與靈魂伴侶
因為關於飛行，永遠是蔚藍與純白的交談

此刻你遞來一面鏡子
（我還在靈魂的邊界迷路）
你要帶領我走出這片藍色的純白嗎
在這樣的狀態過了太久
我忘了自己的顏色

忘了幸福的第一句對白是什麼
你是天使或鬼魂？或是兩者皆非
或是，我還不能落地
只能在雲間拉出一條棉線
一條青春的換日線
關於飛行

• 發表於《創世紀詩刊 190 期》

選擇性捨棄

渴望一個靈魂
於某日捨棄對白
小心翼翼
用詩的質地觸碰我
反芻意義不明的手語
指尖消瘦
鋪排月色如瀑布流動
慎選背景音樂
才能建立峭壁的氛圍

成熟的大人不該
追究日子下垂，路標走音
趁早預謀離別的台詞
反覆修改，磨礪眼神
才能避免歹戲拖棚

雜草是未長出的謊言
趁早拔除
悔恨就無需尋找新的路徑
在沒有盡頭的黑夜

島嶼微塵

吸收不同海洋的水氣
熱帶氣旋有不一樣的姿態
到島嶼的第一個颱風
我被旋轉出來
有夢的碎片撕裂
擊中胸膛

原來被捲起的微塵
也需要拜對碼頭
讓陽光勾搭陽光
照進異鄉房間
提醒漸漸習慣的低頭

塵埃落地前，必須燦如流星

該如何對故鄉訴說
舞台並不排練我們相信的真理
有些眼神真的能割傷空氣
月光也無力搬運鄉愁
鄉愁是文化差異的胃
食道寂寞逆流

黑夜有赤道暖風奔來
努力告訴你宇宙的秘密
原來美麗的微塵
再振作一天
也是藏著幸福的
星球

下輩子不當人

想要長成一棵安靜的印茄樹
輕抓著地球的一小塊衣袖
不打擾花花世界運轉

不向風解釋我的站姿
不害怕被季節背叛
不卑，不亢

我想就這樣簡單地存在
一輩子

場景二

角色塑造

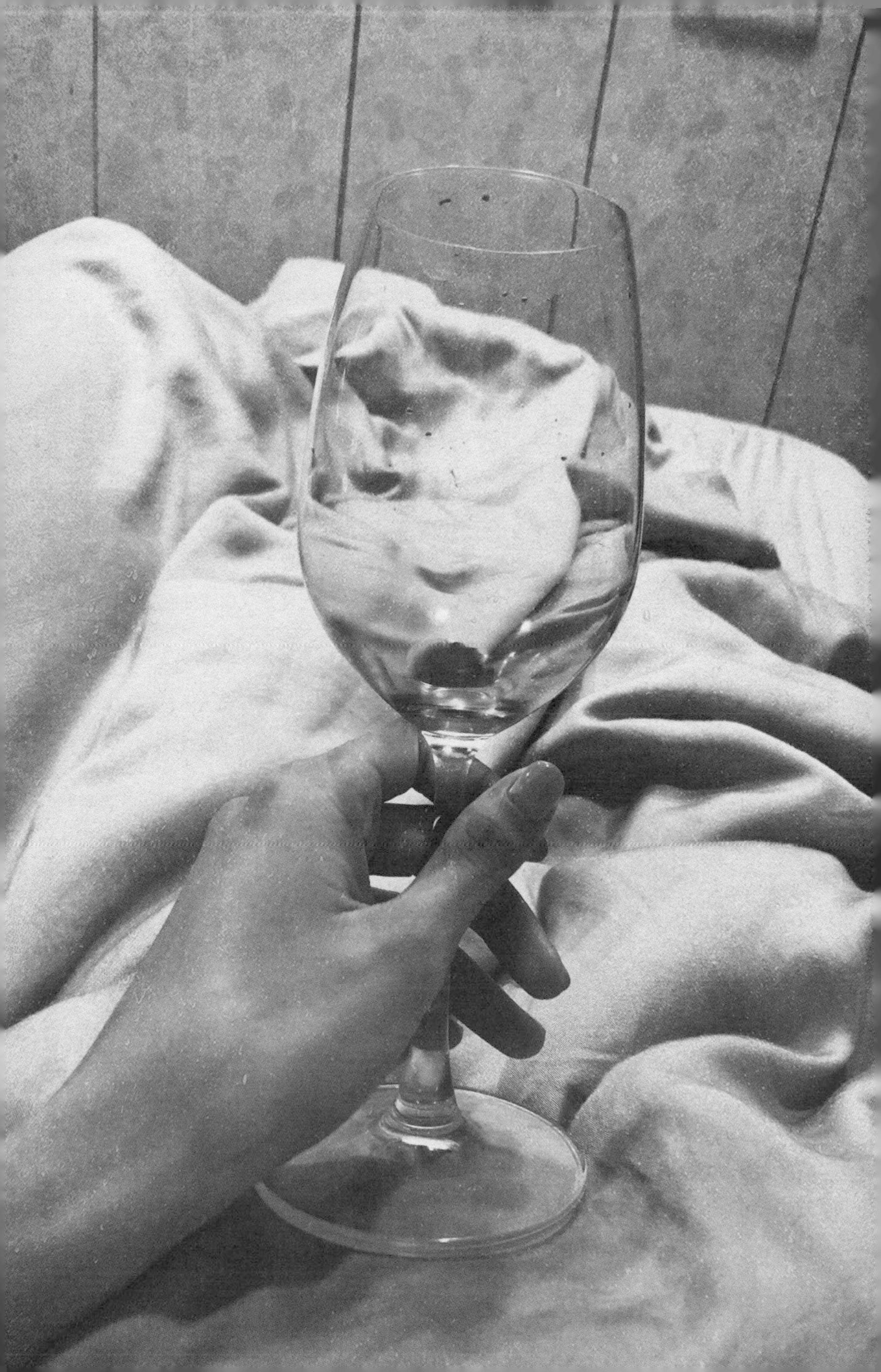

細雨瑜珈

一顆心，正細雨綿綿
天與地安靜下來
讓呼吸，一來一往
如輕撫枝椏的風
無聲的瑜珈
每個體式裡找到
每根骨頭
在點與點之間連結
靈魂，垂直的線
有山脈、溪流、山嵐
蛋白質的早晨在我胸前起伏
細雨開始停在半空欣賞自身的晶瑩

不到一秒的圓滿可以是
不用解釋的巨大

・發表於《創世紀詩刊 191 期》

太陽依舊升起

陽光是曬乾人性的大澡堂
太多情緒共用一條浴巾
但眼睛不可能長期保持乾燥
心也是

天使翅膀被燙得全身紅透
像煮熟的蝦子
未來是一層死皮
用浴鹽耐心磨破

她閉起雙眼
游進這片煙霧彌漫
澡堂瞬間靜止下來
眼前沈甸甸的大門

被神秘緩緩吹開
她起身擦去恐懼
重新戴上頭上的陽光
脫掉浴巾，大步離去

你一定是在設計系畢業

你一定是在設計系畢業
才能如此從容不迫地
設計相遇
設計對眼
設計漏拍的心跳
設計呼吸的躲藏
以及世界的停頓

以蜂蜜起誓

我以蜂蜜為誓
要為你糖成一片草原
照顧你這棵
小小的樹

如果不懂灌溉
那就請來太陽和雨季
但你說想跟啄木鳥過日子
就算它不會為你歌唱

藍色羽毛非常迷人的
但我堅持不長出羽翼
那你就不用擔心
我會乘風而去

畫與框

想為你畫把傘
像撒入泥土的網
捕捉黑暗中的光影
細細刻畫愛的輪廓

隱約知道自己是木鉛筆
四處找尋畫紙和線條
我必須坦承告訴你
我並非彩色的

你會不會比較喜歡蠟筆
或是毛筆水彩壓克力
這樣大片揮灑在你身上
才能顯得更有氣慨

你是否願意抓起我的手
輕沾我乾涸的靈魂
將我的心裱框
掛在心上

洗衣服

幫你洗衣服
連同我的心
放進洗衣機

撒點思念洗衣粉
倒些感性柔軟劑
合上小小可愛的蓋子

讓時間呼吸
讓愛情浸泡
心會越來越柔軟

溫柔包覆著每件衣服
如同輕撫你後背的右手
我希望能夠洗淨你的疲憊

當你看到愛的纖維
散發著淡淡香氣
你會露出久違的笑容嗎？

會、不會，會、不會……
白雪泡沫在洗衣機裡旋轉著
而我幻想著、微笑著……

飛輪課

喜歡你
就像上一堂飛輪課
開始的時候輕輕踩
享受心跳慢慢加速
閉眼讓你帶我遠離地面

喜歡你
隨時調整我的坡度
即使讓我頭昏腦脹
缺氧於是更貪婪地呼吸你
更離不開你

喜歡你
才會爬到日月潭山頂
在湖光山色中尋找
你的微笑倒映在潭水
是我眼中的漣漪片片

喜歡你
突破我的界線
讓我看到無界限
於是拚命踩著愛的飛輪
往沒有盡頭的盡頭奔去

關於紅酒

我告訴過你嗎？關於紅酒
我喜歡沒冰過，接近
身體的溫度，喜歡
流動的紅寶石在舌尖跳舞

喜歡酒杯輕輕搖晃回憶
離心力讓愛過的都還依附著
當她們墜落杯底
會有一顆顆的酒淚流下

喜歡酒淚緩緩流入體內
像我冰河期的那一晚
他一把抱進春天，說
每顆葡萄的不同年份
都有陽光的故事。每滴酒淚
都回到最初的葡萄

• 發表於《創世紀詩刊 190 期》

冬夜電影

我在信義商圈抵擋寒風
手上拿著他愛吃的爆米花
指尖尚餘甜味
引來螞蟻大軍
狂喜和狂悲都在整隊
如壯麗宣言
電影要開始了
我等的人消失在冬夜
電影裡的靈魂在服喪
死去的愛情
垂下我的雙手

相對濕度

我們造的雪人生病了
鼻子越來越長
承諾被重新雕塑太多次
於是變形

明知道隔夜
謊言免不了發臭
霧氣多了就該學冷氣
打開自動除濕功能

回家的路

她放了一把火
燒了他們曾一起走過的路
火勢不斷蔓延

她突然想起男孩說過
妳是我的路，我要去的地方
女孩掉下眼淚
看著燒成灰燼
自己的肉身

阿奇洛

光線如血
房內一切動作變慢
底片慢慢播放
你的影子掉落
每一格都擰出淚滴
待時間風乾
明晨思念如雪
如一片鹽灘

狠角色

在哲學被發明以前
自溺無法被根治

在一本名為人生的小說
角色保持懷疑
才有被書寫的價值

每日捏造懸念是必須的
保持高度以及
懸念與懸念的空拍
並確保，無人承接的墜落
才有心事向日記傾訴

場景三

內心衝突

超市

像一座超市
被你漫無目的地逛著
設計四種季節廣告告示
給你尊榮會員卡

偶爾也寄你
預購商品訊息
方便你不看一眼
就刪掉

某天若你需要帶走
愛的糧食
請不要親自跑來
我會提供快遞服務

三個心願

第一個心願：祈求自己是個瞎子
不能再翻閱我們照片
白天夜晚都戴著墨鏡
就不會被發現
一直淚流滿面

第二個心願：把聲音送給巫婆
讓我拜託她
哄我吃下紅蘋果後
中毒還能繼續奸笑

第三個心願：不求自己是個聾子
反正是不是，是不是，是不是
我也不會聽見
你呼喚我

遊樂人生

小時候看著遊樂園的身高板
總渴望著長大，想迫不及待地
進入繽紛複雜的世界
扮演大人角色
參與只有大人能玩的遊戲

殊不知長大過程中
一定要受點傷
不懂有些傷口會反覆潰爛
會在毫無防備的深夜吞噬你
僅有的勇氣

每個城市裡行走的人類
皮囊下都藏著不為人知的傷痛吧
他們是如何度過每次夢魘
又怎麼讓內心喧囂
不再如野火蔓延呢

SURIA KLCC

多麼羨慕你住的那個城市

多麼羨慕你住的那個城市
每天被你經過
陪你吃飯、看書、散步、聽音樂
隨著你的心情變換天氣
為你下雨
也為你放晴

多麼羨慕你住的那個城市
能看你笑的樣子
看你沈思的樣子
看你發呆的樣子

多麼羨慕你住的那個城市，有你

被夢沖走的日記——給外婆

有個夢在夢裡
無數次睜開眼
我依然在夢裡

夢裡是你的眼
看著我的眼
走過夢的來回

今夜想躡手躡腳來到床邊
用詩句做一張棉被
輕柔地覆蓋你

在床邊種一顆星星
像你掏出一生照亮我們
但我無法再一頁頁翻閱你的臉

你像是被夢沖走的日記
遺忘了自己以及
我的名字

木馬輪椅——給外婆

我想騎著木馬回家
在你老去之前
找到火柴盒點燃蠟燭和燈籠
不讓歲月在你臉上結霜

記憶中庭院的枯葉
風雨不改被你的溫柔掃去
如今它們在我腦海中結網
逼我用力想念直到長滿了繭

我答應學會與現實共處只是
不是今天也不是明天
至今還是無法若無其事地看著你
和那座放肆旋轉的輪椅

我願為噩運上色
但它像一頭飽食的獸
吃不下未來
也吐不出曾經

那雙無法舉起來的雙手
還能將我的愛握緊嗎？
聲音在木馬與輪椅之間旋轉
親愛的，但你聽得見我嗎？

致大象席地而坐

冰涼燙熟了生命
焦黑是一本本起火的書
散發腐臭侵蝕屍體和人性

醜惡在鏡中慢條斯理地
梳頭，毽子仗著一雙髒鞋
飛揚跋扈

從房子灰燼中撿拾恨
塞進血紅雙眼，找尋子彈
填滿空虛的身體

偷竊非罪
說不出口才是
冰水和烈酒不能澆愁

只好抓一把絕望
熬成藥 一天三帖
治療貪婪和欺騙

只好撒一泡尿
清洗槍枝和中指
或一言不發從夢中躍下

就能到火車到不了的地方
看看那頭無法轉身的大象
永遠席地而坐

醉生夢死

養條吳郭魚
看魚奮不顧身跳出魚缸
指尖上的小螞蟻
能否告訴我
何種酒精才能點燃
心中熄滅掉的火焰
酒杯裡已經沒有夢想能搖晃
戒不了你，何以戒酒
醉的時候靈魂才能睜開眼
生吞睡眠，邀請蛆蟲共舞
夢裡的天花板交織著你的臉
死了幾遍後，我又醒過來了

老狐狸

破舊腳踏車和名貴跑車
都佈滿現實灰塵
踩在垃圾堆上的城市
找尋一文不值的價值觀

玻璃人性劃破夢想
恨隨著血紅的愛滲透
用反光玻璃建造世界
就不用害怕脆弱

一不小心看到鏡子裡的自己
鑽石光芒無法掩蓋墨鏡下的傷
黑膠唱片機悠悠播放著過去
未來風景一格格枯萎

我搖晃威士忌杯裡沈重的呼吸
在某個節日打破演出的雅興
嗜血的容器讓尊嚴碎一地
就用禮物紙包裹傷口和想你的心

但你離開這棟房
我的心變成凶宅
當雨失去傘
就沒有撐傘之人

詩人的眼淚

有種黑暗
叫背影
會寄生眼球

眼睛有鹽
是天然防腐劑
用愛醃製
防止回憶發黴

撒上月光和酒
調味你面容
開始習慣將最深刻情感
藏於額前皺摺

秘密長出魚尾紋
在眼角海洋暢遊
等待你來垂釣

月曆梳理著日子
顳葉里的海馬
總在夜裡舊地重遊

微醺是最好用的容器
可以把故事重新雕塑成
情緒不痛的樣子

抱歉讓你覺得這樣安靜的我

這裡沒有酒也沒有岩漿
傳說中的墳墓沒有寶藏
想存錢開一家造夢工廠
讓罐頭保存你留下空蕩

西伯利亞沒有狼也沒有冰箱
冬夜沒有你也沒有陽光
孤單不見天日就像蟑螂
抱歉讓你覺得這樣安靜的我

太煩

錯付

我們打賭
往事會不會收錄想像出來的句點
每個嘆息都像少女
不沾糖的甜甜圈

日子像一首寫壞的詩
又像污漬
漂白劑也無法滲透的
上個星期三
只能凝視困在時間裡的畫

在無法被演練的語言裡
標點符號，都成了休止符

場景四

愛情故事

宮殿

為你打造宮殿
建立起守衛森嚴
除了我，沒有人可以
在夜深人靜闖入
和你散步

清晨夢境

你的臉跟清晨
交織於天花板
夢中爬滿螞蟻大軍
一定是你的甜蜜太重了
螞蟻大軍使勁搬
卻什麼都搬不走

玫瑰少女

你用我送的
玫瑰刺傷自己
心口飛出痛苦
混合血和花瓣
華麗墜落

箭心

想在最濃烈時候
讓子彈軌跡
沿著邱比特的箭
穿過我們的心
就不用害怕
以後有機會
粉碎對方

圍巾

花瓶裡的花
籠子裡的鳥
屋子裡的我
都有一條圍巾

夏天到了，我還纏繞著
你送的深藍色圍巾
一想你，就拉緊

花鳥說，寒冷不可怕
可怕的是，離去的你
想用回憶殺死我

• 發表於《創世紀詩刊 191 期》

為你熬湯

撿拾河邊的漂流木
劈開我，時間的年輪
摘下月牙灣的甜
盛滿你的酒窩

將思念熬成高湯
只要想到你就沸騰
結成表面一層厚厚的愛
靜待被人撈起

等你想喝湯時
小心翼翼盛裝卻還是打翻
我熟透的身體
燙出火焰的紅豆

送你，空白傳單

踩在沒有出口的大賣場
面前有各種笑容，充斥著酒氣
正在販賣的鳥籠
標價是謊言的重量

情緒是過期的垃圾
不能兜售
在垃圾桶裡翻出夢的底色
拿去回收

生活是重複加熱的義大利香腸
你給的愛是冷凍食品
賞味期限是昨天
你知道我餓了還是會吃

如果能找到一份工作
我想運送笑容和安眠藥
每次送貨都偷一點
一半給你，一半給自己

當愛變成猛獸

黏人貓咪一翻臉
就變成發怒的獅子
終於你朝我撲來
撕破愛過的回憶
地上的碎片
已經無法拼回
我的身體

浮肋

在愛人的肋骨上鋌而走險
需要簽署同意書
沈睡時切除，脈搏裡
多餘的浪漫

取出最後兩根浮肋
就能創造愛情嗎？
遠古壁畫被發現以前
山洞用什麼語言示愛？

潛台詞

落霞是如何描繪
愛人的臥姿
秒針旋轉高腳杯
畫就開始走動

日子在你手中翻頁
從不等候書籤
無聲的哀嘆震耳欲聾
每朵飛蛾棲息之處
都是一首壯麗情詩

潛台詞：
我想在幸福絕版之前
裝訂你的笑容

最佳編劇

你是編劇，而我
曾迷失在你書寫的網
隨著日子一天天
一篇篇沈迷，入戲太深
什麼字體才能書寫愛
寫有你的星辰大海
如果思念你一次
天上會多一顆星星
那麼不用多久
我將能送你一片宇宙

栽種愛情

在人生福袋裡
有名為愛情的種子
需要跟你一同埋進泥土
在黑暗中發芽

偶爾沐浴在陽光下
偶爾用淚水灌溉
一起成長直到
你變成大樹

悄悄

墨跡未乾就牽手
交換掌印，像交換靈魂
用承諾蓋章的無名指
收藏月圓之夜

你說，圓月是你的戒圍
我們都在彼此試探中
變成了單位量詞

烏雲

你離開那天
雲把自己看成抹布
往事都是前塵

風或許可以吹散你的臉
你走過之處
卻是雨水的黏稠

我討厭我的思念
思念更討厭我

場景五

收場白

蜻蜓

根本不屬於這裡
像蜻蜓被丟到海底
有翅膀
但不稱為方向
有呼吸
但不能表演換氣
沈淪在永無止境的悲喜

記於雨夜

雨水像銀箭朝我射來
有幾隻飛蟲硬是朝著箭的來處衝去
天真的飛蟲不久就被一隻隻射落
我撐著傘，望著蟲屍
在人工照明中
我成了另外一種蟲屍

我們也是如此嗎
觀看和記錄也朝向死亡

青春應該是斷代史嗎？飛蟲呵
並不是所有的光源都是月亮

・發表於《創世紀詩刊 190 期》

被時間烘乾的

烘手機發出巨大聲響
（烘得乾嗎？思念那麼潮濕。）
水珠不捨地離開
但掌心一會兒又濕了

有烘臉機嗎？
昨夜記憶在眼窩裡海嘯
濕答答的鹽
還頑固地黏附在臉上

像那天我們牽手踏著海水
賴在鞋上不走的沙粒
退潮了
還是金色的

夕陽說：該謝幕了
請一對對人兒準備散場
寄居蟹爬上小腳
有人輕聲問：散場後，能把承諾寄放在你這嗎？

（放心，寄居的愛，不會被時間烘乾的。）

在黑夜佔領天空前

某次是忘了第幾次
走路回家走到熟悉的十字路口
天上雲層集體把夕陽切成幾段
倒在血泊裡的某個影子奄奄一息
我卻感受到透明的光芒萬丈
想起在黑夜佔領天空前
其實每個人都在用力發亮

一個人去遠航

鞋子是船
載我遠航
但沒有一個肩膀像港口
沒有一個眼神像太陽
漂浮的我
選擇繼續流浪
遇不上愛的洋流
成為浪，也是種浪漫

叫不醒的真相

我們不必喚醒裝睡的人
反正他們醒著也不是真的醒著
你知道的真相有很多個
只是沒有一個是真的

雨不在下雨天

門應該都在牆上嗎
我不能接受
窗在你的左心房

任何一滴雨水
都有暴雨的決心
是誰決定
我們反而乾旱成災

回憶不同於乾枯的樹皮
它不隨日子層層褪去
如果某天某時某刻
某人路過某地
忽然回眸
誰會淋濕誰的一生
並且破窗而入

陪我逛逛吧

陪我逛逛吧！
看看花兒沐浴大樹呼吸
看看天空的盡頭
掛滿人們的心願

陪我逛逛吧！
踩在草莓口味的冰淇淋上
感受我們如何
在黏膩中融化彼此

陪我逛逛吧！
坐上時光機到過去和未來，踩在
回憶裡一磚一瓦逐漸崩塌成，廢墟

和除夕聊天

除夕踱步走近
我背對他，低頭
（我能和他聊些什麼）
腳下陌生的土地？
還是羽絨衣外面陌生的溫度

蒲公英離家的第一個春節
落在很遠的鄉愁
鄉愁是最遠的天空

台北每個角落都是回家的人
台北有個人，成為角落

・發表於《創世紀詩刊 190 期》

我們對生命都不陌生——為2018年10月29日獅航空難罹難者而寫

生命劇烈搖晃
機艙被哭聲佔領
在更靠近天國的高度
祈禱會不會更容易被聽見？

每條掌紋都有自己的航線
偏離的那一秒
心跳隨危機警報失速
人的信仰也有維修手冊嗎？

手冊裡找不到答案
聽說玻璃在顫抖時

會像撒旦的舌尖
那些正在顫抖的窗
靈魂是如何面對
此時的飛機是巨大的沙漏
等它再度翻轉過來
就有機會再次倒數死亡嗎？

後記

你不需要吃下世界給妳的一切，除了自己的夢

夢，是會發光的一個字。

那道光時而明亮，時而微弱，偶爾是一道白光，偶爾陰暗，常常隨著生命狀態變換顏色、質地、形狀，卻從未熄滅。為我引路多年，是一個，有份量的字。旅外多年，行李箱裡一切都是身外之物；唯獨夢，是貼身之物。

愛看美麗而遼闊的世界，也常因為工作坐上巨鳥，不間斷的出國飄泊，穿雲入霧，常常在不同國家落地，卻無法生根。

長年穿梭在多個城市，也讓城市穿梭我。八年前決定來台灣發展時，像小小的火車頭，拖著長長的列車往夢想的山頭出發，所有的起步，都磨人。

「列車轟隆轟隆向前，背景是多年前常聽的音樂，車窗畫面一節節反射：妳看到自己，跟情人、家人、摯友，一同踏在熟悉美好的風景，沐浴在笑聲裡。忽然，歲月的軍團衝上車，我們緊緊牽著手，仍被無情衝散，還來不及回頭，我們就被人潮推擠到不同的驛站。」

《阿奇洛》是閃亮卻易醒的美夢。

導演楊毅恆將我散文中這段文字加入電影中，我也為《阿奇洛》寫了同名詩，用於電影旁白（特收錄於本詩集）。電影的世界首映在第三十屆東京影展，這是我首次在電影的片尾名單看到自己的名字，不單只出現在演員欄裡，還有一行 credit：「Poems written by DAPHNE LOW」，如同電流穿過身體，熱熱麻麻的，心中悸動久久未能平息。那年我獲得了演藝生涯的第一座個人獎項，我和我的詩，被世界看見了。上台領獎的那一刻，我的演員夢裡，滲入了詩的質地。

無數次幻想出書，蔡淇華老師不斷鼓勵我：「妳有一支好筆，記得莫讓稿紙留白。」於是斷斷續續，寫了八年。整理之際意識到自己思想以及筆觸的變化，某些詩句竟一絲不掛，赤裸地暴露年輕時期的一顆浪漫少女心。現在回頭看，實在不忍直視，甚至在想是否要盡毀少作，以現在的狀態重新書寫。但嚴忠政老師說：「留下吧！那些都是生命的軌跡，像唱盤一樣，循跡成樂。」是啊，身後的腳印依稀可見，走過的每一步，不會被時光風沙所埋沒。酸甜苦辣，那些被眼睛和鼻尖調味過的，都是生命餐桌上漂流的，不可或缺的滋味。

今年即將邁入，在焦慮中漂浮的三十歲。時間真不是可靠的泳圈，時而像一灘死水，時而又似瀑布。不受控的流速讓人無從適應，但這何嘗不是一場痛快的冒險？暴風雨夜的神鬼奇航、奇幻漂流的少年 Pi、從未踏上陸地的海上鋼琴師，大大小小的船，都承載夢想啟航，在有限的琴鍵下，彈奏出無限的生命樂章。

或許我能在這段漂浪青春，學會臣服，學會享受每一朵浪花打在身上，大大小小的衝擊。看海浪把一些東西帶走，又把一些東西送來。潮汐人間，四季更替，某一年在台東，某日我寫下：

〈妳最初的湛藍〉

那夜颱風之後
路經小魚兒的家，我一直想要佔為己有的大海
她在深夜裡放縱自己買醉
讓大雨傾盆灌入她的嘴裡、眼裡、鼻裡
順便吞進最大風速的氣旋
（親愛的，妳不需要吃下世界給妳的一切）

終於黎明
她像個孩子一樣無助地吐了起來
浪花把她的苦送回岸上

我看見了一片淚的海
（親愛的，妳不需要吃下世界給妳的一切）

唉！妳這任性的孩子
睡吧，時間像浪
會把悲傷帶走
沒有什麼再能傷害妳了
（親愛的，妳不需要吃下世界給妳的一切）

睡吧，不過就是個多愁善感的夢啊
夢醒，會有風平、浪靜，以及
妳最初的湛藍

LOVE 054

把夢，裝進行李

文字——劉倩妏
攝影——劉倩妏
書籍設計——研寫樂有限公司
執行編輯——陸穎魚
主編——李國祥
企畫——吳美瑤
董事長——趙政岷
監製——藝和創藝國際有限公司
BetweenUs international entertainment Co., Ltd.
出版者——時報文化出版企業股份有限公司
108019 台北市和平西路三段二四〇號三樓
發行專線：02-2306-6842
讀者服務專線：0800-231-705．02-2304-7103
讀者服務傳真：02-2304-6858
郵撥：19344724 時報文化出版公司
信箱：10899 台北華江橋郵局第 99 信箱

時報悅讀網—— http://www.readingtimes.com.tw

法律顧問——理律法律事務所 陳長文律師、李念祖律師
印刷——勁達印刷有限公司
初版一刷——二〇二四年四月二十八日
定價——新台幣三八〇元

時報文化出版公司成立於一九七五年，並於一九九九年股票上櫃公開發行，於二〇〇八年脫離中時集團非屬旺中，以「尊重智慧與創意的文化事業」為信念。

把夢，裝進行李 / 劉倩妏 著：-- 初版 . -- 台北市：時報文化出版企業股份有限公司，2024.04
160 面；12.8 ╳ 18.8 公分 (LOVE 054)
ISBN 978-626-396-180-7（平裝）
863.51